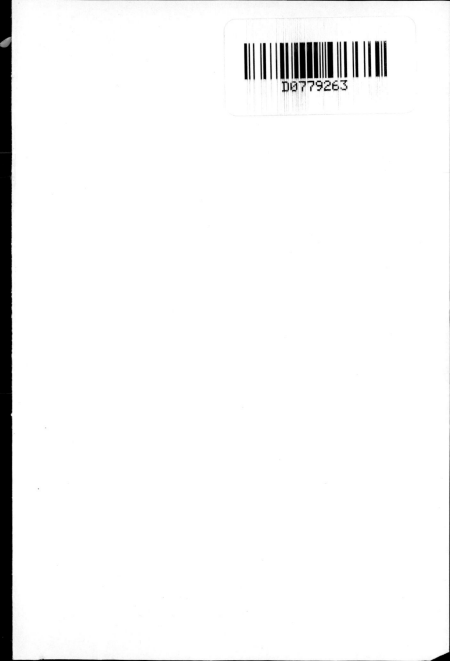

Les Ballerines Magiques

Le sortilège des neiges

Merci à Linda Chapman

Cet ouvrage a initialement paru en langue anglaise
chez HarperCollins Children's Books sous le titre :
Delphie and the Magic Spell

© HarperCollins Publishers Ltd. 2008 pour le texte et les illustrations
Illustrations de Katie May

L'auteur/l'illustrateur déclare détenir les droits moraux
sur cette œuvre en tant qu'auteur/illustrateur de cette œuvre.

© Hachette Livre 2009 pour la présente édition

Adapté de l'anglais par Natacha Godeau

Colorisation des illustrations et conception graphique : Lorette Mayon

Hachette Livre, 43 quai de Grenelle, 75015 Paris

Darcey Bussell

Les Ballerines Magiques

Le sortilège des neiges

hachette
JEUNESSE

Voici Daphné Beaujour

Elle vit des aventures extraordinaires !
Pourtant, elle n'a que neuf ans.
Sa passion, c'est la danse classique.
Elle rêve de devenir danseuse étoile…
Un jour, son professeur lui confie une paire
de chaussons magiques : ils ont le pouvoir
de la transporter à Enchantia, le monde
des ballets ! À elle maintenant de protéger
le royaume enchanté de tous les dangers…

À l'école de danse

Le *Cours de Danse de Madame Zarakova* est une école extraordinaire. Daphné s'en rend vite compte !

Madame Zarakova, qu'on appelle Madame Zaza, est mystérieuse, et connaît de fabuleux secrets !

Tiphaine et Julie sont les meilleures amies de Daphné. Mais elles ne savent rien d'Enchantia…

Giselle considère Daphné comme sa rivale car, sans elle, elle serait l'élève la plus douée du cours !

Enchantia

Le palais royal

Chez la Fée Dragée

La vallée des friandises

Le village

Le grand théâtre

Chez la Méchante Fée

Vers le château du Prince Charmant

Le manoir de Cendrillon

lac des cygnes

forêt enchantée

L'île interdite

Le lac ensorcelé

Le château du Roi Souris

Les habitants d'Enchantia

Le Roi Tristan, son épouse la Reine Isabella
et leur fille la belle Princesse Aurélia
vivent au palais royal,
un magnifique château de marbre blanc.

La Fée Dragée aide
Daphné à veiller
sur Enchantia.
D'un coup de baguette
magique, elle peut réaliser
les tours les plus
fantastiques.

Le Roi Souris déteste la danse.
Il habite un sombre château,
sur la montagne, avec sa cruelle armée.
Il n'a qu'un but dans la vie :
chasser le bonheur d'Enchantia.

Un pied en avant, la tête penchée, Daphné attend que la musique commence. Elle admire ses chaussons rouges. Les autres élèves du cours en portent des roses. Mais les siens sont spéciaux. C'est Madame Zarakova, son nouveau professeur, qui les lui a confiés. Et Daphné a vite percé leur secret : ils sont magiques ! Dès que c'est nécessaire, ils la conduisent à Enchantia, le monde des ballets. Car la jeune Daphné est chargée d'empêcher le cruel Roi Souris de bannir la danse du royaume enchanté…

1. L'Oiseau Bleu

Ce soir-là, Daphné reste tard à l'école de danse. Pourtant, le cours est fini depuis longtemps. Les élèves de Madame Zaza sont déjà rentrées chez elles.

Toute seule dans la grande salle, Daphné s'entraîne.

Elle enclenche la lecture du CD, puis elle court se placer au centre de la pièce. Un pied en avant, la tête inclinée, elle attend que la musique commence.

Cette fois, elle doit réussir !

Elle se concentre… et s'élance à la première note. Elle glisse à petits pas rapides sur le plancher,

s'arrête un instant sur les *demi-pointes*, regarde à droite, puis à gauche. Elle est un oiseau, les bras en arrière pour mimer une paire d'ailes.

«Encore trois temps, se dit Daphné en comptant la mesure. Un, deux...»

Et elle repart, virevolte dans une pirouette impeccable, avance de quelques pas puis s'immobilise, une jambe tendue en arrière, un bras levé devant elle.

«Je suis l'Oiseau Bleu, pense la fillette. Je vole haut dans le ciel...»

Elle se répète les instructions

de Madame Zaza : redresse le menton, baisse les épaules, le dos droit, la jambe souple !

Daphné s'applique. Elle veut adopter une posture parfaite. Elle le veut tellement… qu'elle perd l'équilibre et trébuche.

Oh là là ! C'est si difficile, de penser à tout à la fois !

Avant, quand elle dansait, elle suivait son instinct. Maintenant qu'elle prend de vraies leçons, elle doit veiller en permanence au moindre mouvement !

Seulement lorsque Daphné s'assure de la position de ses jambes, elle oublie celle de ses bras.

Et quand elle s'occupe de ses bras, c'est son buste qui ne va plus !

Mais la fillette n'abandonne pas.

« Je dois y arriver. C'est ma dernière chance ! »

Les auditions pour le spectacle de Noël ont lieu demain matin. Il s'agit du ballet *L'Oiseau Bleu*. Et bien sûr, toutes les élèves veulent le rôle principal !

Tout à coup, la porte de la classe s'ouvre.

Madame Zaza entre avec grâce. Elle est en jupe longue et cache-cœur. Ses cheveux grisonnants sont retenus sur sa nuque en chignon strict.

— Eh bien, Daphné ?

Incapable de mentir à son professeur, la fillette avoue :

16

— J'essaie encore et encore, mais ça ne va jamais !

— Peut-être que tu essaies trop, justement…

Daphné fronce les sourcils.

— Tu comprendras un jour, dit

Madame Zaza. Et plus tôt que tu l'imagines…

Elle quitte la classe.

Daphné pousse un gros soupir. Elle relance le CD, se remet en place. Mais dès les premiers pas, elle se trompe. Énervée, elle éteint la musique et vérifie l'heure, à l'horloge murale. Ses parents vont rentrer du travail. Il est temps d'arrêter !

Daphné termine la séance par des étirements à la barre, lorsqu'elle entend la porte grincer derrière elle. Elle fait volte-face et aperçoit Giselle.

Giselle est une ballerine très

douée. Mais Daphné aussi, et
Giselle n'aime pas beaucoup ça…

— Salut, Daphné. J'ai oublié
mon pull.

Elle le récupère, sur le dossier
d'une chaise, avant d'ajouter :

— Tu t'entraînes pour l'audition ? Mais tu n'as aucune chance… Tu ne viens aux cours que depuis trois semaines ! Ce sera moi, l'Oiseau Bleu. Je suis la meilleure, tout le monde le sait !

Daphné se tait. Elle n'a pas envie de se disputer.

— Tu décrocheras peut-être le rôle du petit lapin, se moque Giselle en partant.

Daphné grimace.

— De toute façon, je m'en fiche, murmure-t-elle. Je peux très bien être l'Oiseau Bleu, moi aussi. Et rien ne m'empêchera d'y croire !

2. En route !

— Maman ! Viens voir comme c'est beau !

Daphné est assise dans le canapé, devant la télévision. Elle regarde le DVD du ballet *Cendrillon.* C'est son cadeau d'anniversaire, et elle se repasse sou-

vent sa scène préférée : celle où la fée change la citrouille en carrosse, les souris en chevaux, et sa filleule Cendrillon en princesse.

Mme Beaujour débarrasse la table du dîner. Elle rejoint sa fille sur le canapé.

— Oui, c'est très joli, Daphné,

dit-elle en lui caressant ses longs cheveux bruns. Un jour, tu seras peut-être première ballerine, toi aussi…

— Ce serait merveilleux ! souffle la fillette, blottie contre sa mère.

Devenir danseuse étoile… Elle en rêve depuis toujours !

Mais pour le moment, il est l'heure d'aller au lit. Daphné embrasse ses parents et monte se coucher.

Elle se glisse sous sa couette en jetant un coup d'œil à ses vieux chaussons rouges, posés sur son bureau.

« Oh, je vous en supplie !
Emmenez-moi cette nuit ! »

Chaque soir, Daphné fait ce
vœu. Elle attend avec impatience
que ses chaussons scintillent dans
le noir. Comme quand ils l'ont
conduite à Enchantia. Elle a tel-

lement hâte de repartir visiter le royaume magique !

« Je retrouverais la Fée Dragée, et tous les autres personnages des ballets ! »

Le seul qu'elle ne veut pas revoir, c'est le Roi Souris. Il est si cruel, avec ses petits yeux rouges, ses dents pointues, et ses affreux gardes. Elle l'a déjà affronté, dans son horrible château. Il ne pense qu'à interdire la danse, il est vraiment effrayant !

Daphné préfère ne plus y songer. À la place, elle se répète mentalement le rôle de l'Oiseau Bleu. Elle s'applique à refaire

chaque pas dans sa tête. Et bientôt, Daphné s'endort…

Elle s'éveille en sursaut. Qu'est-ce que c'était que ce bruit?

Elle vérifie l'heure : minuit passé. Soudain, le bruit recommence : quelques notes de musique résonnent dans la chambre…

Vite, Daphné se redresse dans son lit. Elle regarde ses chaussons rouges. Hourra ! Ils brillent comme des rubis !

La fillette se lève à toute vitesse. Elle se précipite à son bureau et s'empare des chaussons de danse. Pourvu qu'ils

l'emportent vers une nouvelle aventure !

Ses doigts la picotent, c'est le signe qu'il faut les enfiler. Quand elle finit de lacer les rubans autour de ses chevilles, un frisson remonte le long de ses mollets.

Et les chaussons se mettent à danser!

Daphné pirouette malgré elle. Une brume multicolore tourbillonne dans la pièce: rose, violet, bleu, rouge, jaune, orange, vert et...

Pof! Daphné atterrit brusquement sur un fauteuil de velours,

dans une salle de théâtre déserte. Exactement comme la première fois !

Sauf qu'aujourd'hui, il fait très froid.

Daphné tremble, elle a la chair de poule.

Sur la scène immense du grand théâtre, le rideau rouge se lève.

Daphné bondit sur ses pieds, prête à grimper sur scène. Mais elle s'immobilise aussitôt.

Le décor est tellement différent ! Plus de soleil, plus de village. Plus de montagne, ni de forêt… On ne voit même plus le château du Roi Souris au loin !

Tout est blanc et archi blanc! Et il n'y a personne sur scène. Juste une épaisse couche de neige. Les arbres n'ont plus une feuille. Leurs branches sont recouvertes de givre.

Daphné avance lentement vers l'estrade en appelant:

— Fée Dragée?

Pas de réponse. C'est inquiétant… La fillette prend son courage à deux mains et répète plus fort:

— Fée Dragée? Tu es là?

3. Au palais royal

Un éclair bleu traverse la scène. Daphné écarquille les yeux : c'est un magnifique petit oiseau au plumage turquoise !

Il se pose sur une branche gelée et se met à pépier en agitant ses ailes délicates.

— Bonjour, petit oiseau ! dit
Daphné. Je me demande si tu sais
ce qui se passe, toi !

— Bien sûr que oui !

Daphné sursaute. Ça alors :
l'oiseau parle ! Mais après tout,
pourquoi pas ? Elle est à Enchantia !

— Je m'appelle Célestia, se

présente l'oiseau bleu. Et je suis une oiselle ! Toi, tu es Daphné, n'est-ce pas ?

La fillette acquiesce.

— Parfait ! La Fée Dragée se doutait que les chaussons magiques t'amèneraient bientôt. On a de gros problèmes ici !

— Gros comment ? s'inquiète la ballerine.

— Énormes ! Le Roi Souris a condamné notre monde à un hiver éternel. Il nous a jeté un sortilège des neiges !

Daphné frissonne. Mais pas de froid, cette fois. De peur ! Célestia continue :

— Il garde une maquette d'Enchantia dans une boule de verre remplie de paillettes. Et dès qu'il la secoue, il neige vraiment sur Enchantia ! On est trop frigorifiés pour danser un seul pas !

Célestia a l'air très triste.

— Plus personne ne sort. Les animaux hibernent. Et les oiseaux sont partis vers les pays chauds! Moi, je me suis blessé l'aile pendant la migration, je n'ai pas pu accompagner ma famille. Elle me manque tellement! Elle ne reviendra qu'avec le retour du printemps. Mais le Roi Souris ne lèvera le sortilège qu'à une condition : épouser la Princesse Aurélia d'Enchantia! Évidemment, elle ne veut pas…

— Je la comprends! s'exclame la fillette.

— Oui, mais à cause de ça, l'hiver ne s'arrêtera jamais. Pauvre

Princesse ! La Fée Dragée est au palais royal. Elle essaie de la réconforter. Si tu acceptes de nous aider, je peux t'y conduire tout de suite…

— Allons-y vite ! lance Daphné sans hésiter.

Célestia s'envole en chantant à gorge déployée pour que Daphné puisse la suivre !

Elles traversent des bois très sombres. Tout est calme et silencieux, sous la neige. On n'entend que le chant de Célestia tandis qu'elle zigzague dans les airs devant Daphné.

La fillette court à perdre

haleine. Au moins, ses chaussons rouges ne prennent pas l'eau !

— On est arrivées ! annonce enfin Célestia.

Daphné est émerveillée. Un merveilleux palais en marbre blanc se dresse devant elle. La glace recouvre l'eau des douves, et l'énorme porte d'entrée est en or pur…

— On va bientôt être au chaud ! promet Célestia en frappant du bout du bec.

Toc ! Toc ! Toc !

Un garde leur ouvre. Il est immense, c'est un vrai géant ! Heureusement, il a l'air très gentil…

Célestia le salue :

— Bonjour, Guillaume ! On vient voir la Fée Dragée. Je te présente Daphné, la ballerine aux chaussons magiques…

— Ah, Daphné ! s'exclame le garde en souriant. On vous attendait avec impatience !

La fillette pénètre dans le cou-

loir. Des tapisseries décorent les murs, et trois bûches brûlent dans la cheminée. L'air chaud enveloppe Daphné.

Guillaume lui pose une cape de laine violette sur les épaules. C'est tellement agréable, après ce froid !

— Je vais chercher la famille royale, dit-il. On a vraiment besoin d'aide !

Daphné hoche la tête. Pourvu qu'elle puisse faire quelque chose !

4. Un excellent plan

Guillaume revient peu après en compagnie d'une belle jeune fille aux longs cheveux d'ébène, qui porte un diadème en argent et une robe rose.

« Aurélia ! » devine Daphné.

La Princesse est à côté de ses

parents : la Reine Isabella, en bleu marine, et le Roi Tristan, une couronne d'or posée sur sa tête. Derrière eux vient...

— Fée Dragée ! s'écrie Daphné, ravie.

Son amie est exactement comme la dernière fois, en tutu mauve et chaussons lacés ! Elle valse avec Daphné en la serrant contre son cœur.

— Daphné ! Je suis si heureuse de te revoir ! Mais on a de sérieux problèmes…

— Je sais. C'est encore le Roi Souris !

— C'est un monstre ! ajoute la Princesse en approchant d'un pas.

— Mais n'en parlons pas tout de suite ! Soyez la bienvenue à Enchantia, Daphné ! lance le Roi d'un ton solennel.

La fillette est intimidée. Elle

décide de faire une gracieuse révérence, comme à la fin des cours de danse. La Fée Dragée trouve ça parfait. Tant mieux !

— J'espère que vous trouverez une solution, Daphné, déclare la Reine Isabella.

La Princesse murmure :

— Je ne veux pas épouser cet ignoble Roi Souris. Mais si c'est la seule façon de sauver notre royaume d'un hiver éternel, je me sacrifierai !

— Il existe forcément un autre moyen, affirme la ballerine. Par exemple, on pourrait voler sa boule de verre ?

— On a déjà essayé, soupire la Fée Dragée. Il suffit de la casser pour annuler le sortilège des neiges, mais le Roi Souris l'emporte partout avec lui. Il a dit qu'il ne la briserait qu'après son mariage prévu… aujourd'hui !

À ces mots, la Princesse Aurélia éclate en sanglots quand, tout à coup, des *côa* perçants résonnent au-dehors.

— Qu'est-ce que c'est? crie Daphné en se bouchant les oreilles.

— C'est Olga, le crapaud des douves! répond la Fée Dragée. Depuis que l'eau a gelé, elle se plaint sans arrêt...

— ... et c'est insupportable! ajoute la Princesse Aurélia.

Daphné regarde par la fenêtre. Un crapaud aussi gros qu'un chien se tient assis sur la glace, l'air grincheux!

— Olga coasse jour et nuit, grogne le Roi. On ne dort plus!

— On s'en occupera demain, le rassure la Reine. La Fée

Dragée la transformera en mignon rossignol… Réglons d'abord cette histoire de mariage !

Mais Daphné a une idée.

— Réglons les deux problèmes en même temps !

Elle se tourne vers la Fée Dragée.

— Tu peux réellement transformer Olga ?

— Bien sûr ! Je possède la magie des ballets, et il y en a beaucoup où les héros se métamorphosent. En quoi veux-tu la changer ?

— En une magnifique Prin-

cesse. Encore plus jolie qu'Aurélia! Le Roi Souris préférera l'épouser, puisqu'il veut la plus belle femme du monde.

La Fée Dragée fronce les sourcils.

— Mais il n'aura plus à respecter sa promesse de lever le sortilège des neiges…

— Sauf si la mystérieuse Prin-

cesse exige de se marier sous un beau soleil ! corrige Daphné.

La Reine Isabella approuve aussitôt.

— C'est un excellent plan. Mais il faut agir vite. La magie de la Fée Dragée ne dure que le temps d'un ballet.

— Tout est déjà prêt pour la cérémonie de mariage, remarque la Princesse Aurélia.

— Oui, mais prudence ! répond le Roi Tristan. Notre ennemi est rusé, il risque de se douter de quelque chose s'il nous voit avec la mystérieuse Princesse.

— J'irai chez le Roi Souris avec Olga, suggère Daphné. Je me ferai passer pour sa dame de compagnie. Vous croyez qu'il me reconnaîtra ?

— Aucun danger, affirme le Roi. Il n'a aucune mémoire pour ce qui ne concerne pas Enchantia !

— Je vole là-bas annoncer l'arrivée d'une jeune fille à la beauté incomparable ! piaille Célestia.

Daphné applaudit. Elle a hâte de piéger cet horrible Roi Souris !

5. La Princesse Crapaud

Un valet a amené Olga dans la pièce. Elle a une épaisse peau verdâtre, et de gros yeux noirs luisants de colère.

— On va te transformer en Princesse pour piéger le Roi Souris, lui explique Daphné.

— *Côaa !* ronchonne Olga.

Daphné pouffe tout bas : le Roi Souris sera surpris quand il découvrira la véritable identité de sa bien-aimée !

— Il va falloir une sacrée dose de magie ! soupire la Fée Dragée.

Elle brandit sa baguette, tend la jambe droite en se dressant sur les *pointes*, ramène son pied gauche avec souplesse, et s'élance en avant. Une musique légère s'élève dans la pièce. La Fée Dragée tourne autour d'Olga en pirouettant, puis elle bondit dans les airs, un bras au-dessus de la tête.

En la regardant, Daphné sent ses pieds s'agiter dans ses chaussons rouges. Elle a l'impression que c'est elle qui danse !

Soudain, la musique s'intensifie. La fée s'immobilise, une jambe tendue en arrière, sa

baguette braquée sur Olga. Une brume mauve entoure le crapaud. Quand elle s'évapore, la musique s'arrête. Olga est devenue une merveilleuse jeune fille !

Elle est vêtue d'une superbe robe parsemée de joyaux. Une cape brodée lui enveloppe les épaules, tandis qu'une traîne rose tombe de son diadème jusqu'au sol…

— Bravo ! applaudit la famille royale.

Mais soudain, la Princesse Crapaud tire sa langue gluante pour gober une mouche !

La Fée Dragée se retient de rire.

— J'ai l'honneur de vous présenter la Princesse Olga de Crapaudia, une lointaine région de notre royaume ! lance-t-elle en s'inclinant.

Elle s'inspire ensuite du ballet *Cendrillon* pour fournir un carrosse à la fausse Princesse : elle change une citrouille en traîneau d'argent. Puis un couple de souris blanches en deux chevaux aux harnais décorés de plumets verts et jaunes et de grelots d'or.

Guillaume prend les rênes. Daphné monte avec Olga dans le traîneau.

Si elle ne coassait pas au lieu de parler, personne ne pourrait deviner qu'elle est en réalité un vilain crapaud visqueux !

— Puisque je ne peux pas lui donner la parole, je dois la ren-

dre silencieuse ! décide la Fée Dragée.

Et d'un coup de baguette magique, Olga devient muette !

Pour se faire pardonner, la fée décide de faire apparaître un gros sachet de mouches séchées qu'elle offre à Olga.

Guillaume secoue les rênes et les chevaux partent au triple galop dans la neige. Le vent glacé fouette les joues des passagers du traîneau.

Vingt minutes plus tard, ils atteignent le château du Roi Souris. Daphné reconnaît tout de suite les tours sombres.

Elle aperçoit six souris géantes, au bord de la route. Les soldats du Roi Souris ! Ils sont effrayants, avec leur gilet de cuir et leur lourde épée…

— Halte ! Qui va là ?

Guillaume arrête les chevaux. Le cœur de Daphné bat à cent à l'heure.

— La Princesse Olga de Crapaudia, répond-elle en s'efforçant de ne pas trembler. Je suis sa dame de compagnie!

Une sentinelle toute maigre approche.

— Ah oui? Il paraît qu'elle est la plus belle Princesse du monde…

Sans hésiter, Daphné soulève le voile d'Olga. Aussitôt, les gardes sont éblouis par la jeune fille!

— La Princesse Olga cherche un mari, reprend Daphné. Elle a de nombreux prétendants, mais le Roi Souris pourrait avoir sa pré-

férence. Conduisez-nous auprès de lui, je vous prie !

— Je veux voir cette fabuleuse Princesse dont parlait Célestia ! rugit le Roi Souris.

Ses hurlements résonnent dans tout le château. Dehors, dans le traîneau, Daphné l'entend très bien !

— Quoi ? ajoute le Roi. Elle est déjà là ?

Il passe la tête par la fenêtre. Daphné grimace. Il est toujours aussi laid, avec son museau pointu et ses petits yeux rouges ! Il grogne :

— J'avais raison, elle n'est pas
plus jolie qu'Aurélia. En plus, ce
n'est qu'une petite fille !

— Mais je ne suis pas la Princesse ! s'exclame Daphné.

Vite, elle montre Olga, derrière elle. Le Roi Souris se lisse les moustaches d'un air satisfait.

— Quelle beauté ! Mais on dirait qu'elle parle ? Je ne l'entends pas ! Qu'est-ce qu'elle dit ?

En réalité, Olga ouvre la bouche pour coasser. Heureusement, elle est muette !

Daphné improvise.

— La Princesse souffre d'une extinction de voix, Votre Majesté. Elle chuchote que vous êtes charmant, avec votre moustache soignée et votre pelage brillant. Elle rêve de devenir votre femme !

— On me fait souvent ce genre

de compliments, se vante le Roi Souris. Très bien, j'accepte de vous épouser, Olga. Et pas plus tard que tout de suite !

— La Princesse est ravie, assure Daphné. Mais elle ne se mariera qu'au retour du printemps.

— Et mon sortilège des neiges, alors ?

— Pas de mariage en hiver, insiste Daphné. La Princesse est formelle.

— Dans ce cas, j'annulerai mon sortilège pour vous, ma bien-aimée !

Le Roi Souris retrousse ses babines dans un affreux sourire, puis il envoie un baiser à Olga.

— Le temps de me mettre sur mon trente et un, je redescends briser la boule de verre, et nous pourrons nous marier !

Il file se préparer, criant sur ses valets pour qu'ils lui apportent sa couronne de rubis.

— Le plan fonctionne ! se réjouit Daphné.

Les trompettes résonnent enfin. Après une longue attente, le Roi Souris apparaît à la porte du château. Il semble très fier de lui. Ses soldats s'empressent de l'acclamer. Daphné a bien envie de rire : il se croit beau, avec ses moustaches ridicules et son pelage collant !

— Ma bien-aimée me trouve-t-elle séduisant ? demande-t-il à Daphné.

La fillette se tourne vers Olga.

Catastrophe ! Son visage enfle, verdit, se déforme !

Le Roi Souris a été si long à se préparer que l'enchantement de la Fée Dragée est en train de disparaître !

6. Encore des ennuis

Daphné rabat le voile sur le visage d'Olga. Par chance, le Roi Souris est trop occupé à se vanter. Il n'a rien remarqué !

Mais nouvelle catastrophe : le crapaud retrouve aussi sa voix !

— *Côaaaaaa !*

— Qu'est-ce que c'est que ça ? sursaute le souverain.

— Oh… euh… la Princesse tousse un peu, ment Daphné. Elle dit qu'elle adore vos moustaches frisottées.

Le Roi Souris se radoucit. Il aime qu'on le flatte. Et il est sûr de fasciner Olga ! Lorsqu'elle coasse à nouveau, Daphné se dépêche de parler.

— La Princesse admire l'éclat de votre fourrure. Mais elle préférerait que vous portiez une couronne d'émeraudes…

— Le vert mettra mes crocs en valeur ! répond le Roi Souris. Je

vous retrouve dans cinq minutes au pied du grand escalier.

Et il court changer de cou-ronne.

Guillaume aide Daphné à conduire Olga à l'intérieur du château. La Princesse est presque entièrement redevenue crapaud, maintenant.

— Qu'est-ce qu'on va faire? s'écrie la fillette, paniquée

— Si la Fée Dragée était là, elle recommencerait sa danse magique! dit Célestia.

Daphné réfléchit.

— Je me souviens des pas. Mais je ne suis pas une fée…

— Aucune importance! répond l'oiseau bleu. À Enchantia, c'est la danse elle-même qui a des pouvoirs magiques!

— Bon, je vais essayer, décide Daphné. Mais je ne sais pas encore faire les *pointes*…

Elle prend une profonde ins-

piration. Elle sent ses pieds s'agiter, dans ses vieux chaussons rouges… et elle s'élance !

Elle lève les bras, monte sur les *demi-pointes*, fredonne la musique dans sa tête. Elle avance, pirouette, bondit comme la Fée

Dragée. Elle atterrit avec grâce et délicatesse, puis s'immobilise, jambe gauche tendue en arrière, l'index braqué sur Olga.

Un éclair illumine la pièce et… Olga redevient une belle Princesse !

Il était temps : le Roi Souris descend justement l'escalier, son autre couronne sur la tête.

— Je suis prêt, ma bien-aimée ! Marions-nous immédiatement !

— Pardonnez-moi, Votre Altesse, intervient Daphné. On est encore en hiver…

Le Roi Souris leur fait signe de le suivre dans la cour.

Là, il sort une boule de verre de sa poche. Elle contient une miniature d'Enchantia, sur laquelle tombent quelques flocons de neige.

Le Roi Souris la pose par terre. Il frappe dans ses pattes et ordonne :

— Brise-toi !

Et la boule de verre se fend sur toute la hauteur.

Immédiatement, le soleil se remet à briller dans le ciel d'Enchantia! Un souffle de chaleur chasse les nuages, la neige fond, les fleurs s'épanouissent, les animaux quittent leur ter-

rier… Le printemps est de retour !

Le Roi Souris est un peu contrarié de renoncer à son sortilège des neiges.

— Mais au moins, je peux enfin me marier ! se console-t-il.

— Oui, à un crapaud ! murmure Daphné à ses amis tandis qu'ils se sauvent discrètement vers la forêt…

Tout à coup, la Fée Dragée apparaît sur leur chemin avec la famille royale !

— Tu as réussi, Daphné ! s'écrie la Princesse Aurélia. Bravo !

— J'ai imité la danse magique de la Fée Dragée, avoue la fillette. Sauf que je ne sais pas encore faire les *pointes*…

— Tu as très bien dansé, puisque ça a marché, assure la Fée Dragée. Mais sans les *pointes*, l'enchantement dure moins longtemps…

La fée n'a pas besoin d'en dire plus.

Le Roi Souris hurle de rage.

— Regardez la Princesse : c'est un crapaud gluant !

7. Victoire !

Olga bondit hors du château. Elle pousse des *côaaaaaa* stridents, bouscule les soldats au passage. Puis, apercevant l'eau boueuse des douves, elle y plonge avec délice !

Le Roi Souris est très en

colère ! Il court vers Daphné, en
la menaçant du poing.

— Tu m'as piégé ! Je vais te…

Mais Olga l'interrompt en
coassant plus fort !

— Fiche le camp, sale crapaud ! rugit le Roi Souris.

— *CÔA !* se moque Olga sans
bouger.

— On dirait qu'elle a décidé de rester ici! lance la Fée Dragée en riant.

Le Roi Souris entre dans une colère terrible.

— Gardes! Apportez-moi de quoi me boucher les oreilles immédiatement! Et enfermez ces imposteurs au donjon!

Les sentinelles foncent droit sur Daphné et ses amis.

— On ferait mieux de ne pas rester ici! s'écrie la Fée Dragée. Attention, tenez-vous bien…

Elle pirouette, entraînant Guillaume, Célestia, Daphné, Aurélia, Tristan et Isabella avec elle et…

79

Pof ! Ils réapparaissent aux portes du palais royal !

— On est rentrés ! applaudit Daphné.

— Et nous ne sommes pas les seuls, remarque la Fée Dragée.

Toute une bande d'oiseaux bleus volent vers eux.

— Ma famille ! chante Célestia.

Et aussitôt, elle file les rejoindre en pépiant haut et fort !

— Merci de ton aide précieuse, Daphné, déclare la Fée Dragée. Tu vas bientôt repartir chez toi, mais on se reverra, ne t'inquiète pas !

Là-dessus, elle agite encore une fois sa baguette magique.

Une musique légère résonne et tout le monde se met à valser ! Même les oiseaux bleus virevoltent en rythme !

— Danse avec nous, Daphné ! demande Célestia.

La fillette se laisse séduire par la mélodie. Puis elle s'élance au milieu des oiseaux. Elle copie leurs mouvements, monte sur les

demi-pointes, se sent emportée comme une plume au vent... Daphné est un oiseau, elle aussi ! Elle tend les bras vers le ciel, saute, réussit ses *entrechats* sans même y penser...

Et soudain, ses chaussons rouges se mettent à la faire pirouetter, vite, de plus en vite. Une brume multicolore tourbillonne autour d'elle et...

8. La distribution des rôles

Pof ! Daphné atterrit sur son lit !

Heureusement, le temps ne s'écoule pas de la même façon à Enchantia. C'est comme si Daphné ne s'était absentée que deux secondes !

La fillette enlève ses chaussons magiques et se couche en soupirant de bonheur.

D'accord : elle a mal partout d'avoir tant dansé. Mais c'était si bien ! Elle imitait Célestia sans penser à la position de ses bras, de ses jambes, ou de sa tête.

« Je n'essayais pas trop… et j'y arrivais ! »

Daphné comprend enfin ce que Madame Zaza avait voulu dire. Une ballerine doit savoir se laisser guider par la musique !

Sous sa couette, Daphné s'endort en imaginant l'audition du lendemain…

Si elle danse comme à Enchantia, elle sera un Oiseau Bleu parfait !

Deux jours plus tard, quand Daphné arrive à l'école de danse, Julie accourt en riant.

— Daphné ! Ça y est, on a les résultats de l'audition, pour le spectacle ! La liste des rôles est affichée à la porte du bureau de Madame Zaza ! Oh, là, là ! Si tu savais…

Les yeux de Julie brillent. Elle continue.

—J'ai été choisie pour jouer le rouge-gorge. Tiphaine sera le cerf et toi, tu…

Daphné se précipite à l'autre bout du couloir. Elle veut voir la liste elle-même !

Le cœur battant, elle lit la première ligne…

L'Oiseau Bleu : Daphné Beaujour.

Daphné n'en revient pas !

— Tu as le premier rôle, c'est
fantastique ! s'écrie Julie. En
plus, c'est cette jalouse de Giselle
qui a celui du petit lapin ! Elle va
faire une de ces têtes !

Daphné hausse les épaules.

Finalement, la distribution des
rôles, ce n'est pas ce qui compte
le plus.

L'important, c'est d'avoir
enfin appris à danser avec plai-
sir… même pour une audition !

« Et puis, j'ai vraiment une

chance unique : celle d'avoir des chaussons magiques ! » se dit Daphné.

Car après tout, il n'existe rien de mieux !

FIN

Les Ballerines Magiques

Invitation !

Je t'invite à partager mes autres
voyages à Enchantia,
le monde merveilleux des ballets !
Rejoins-moi vite
dans mes autres aventures !

1. Daphné au
royaume enchanté

3. Le grand
bal masqué

4. Le bal
de Cendrillon

**Pour savoir quand sortira le prochain tome
des Ballerines Magiques, inscris-toi à la newsletter
du site www.bibliotheque-rose.com**

Comme Daphné, tu adores la danse ? Alors voilà un petit cadeau pour toi…

Darcey Bussell est une célèbre
danseuse étoile. Tourne vite la page,
et découvre la leçon de danse exclusive
qu'elle t'a préparée !

Ma petite méthode de danse

Le Demi-Plié

Ce mouvement de danse classique est l'un des préférés de Daphné. C'est aussi l'un de ceux que les ballerines apprennent en premier…

1.

Place-toi en Première Position*, la main gauche posée sur ce qui te sert de barre (un dossier de chaise, une palissade… ou une vraie barre !)

* Tu trouveras les six positions de base dans le tome 1 des Ballerines Magiques.

2.

Fléchis légèrement
les genoux, les talons
l'un contre l'autre et bien
à plat sur le sol.

3.

Lève le bras droit devant toi
avec grâce, en le gardant
bien arrondi et la main
souple.

4.

Tends les genoux, talons
à plat, en rabaissant le bras
comme au début
de l'exercice.

Table

**PAPIER À BASE DE
FIBRES CERTIFIÉES**

⊞ hachette s'engage pour
l'environnement en réduisant
l'empreinte carbone de ses livres.
Celle de cet exemplaire est de :
300 g éq. CO_2
Rendez-vous sur
www.hachette-durable.fr

Imprimé en Espagne par CAYFOSA
Dépôt légal : février 2005
Achevé d'imprimer : Avril 2013
20.24.1736.6/10 ISBN : 978-2-01-201736-8
*Loi n° 49956 du 16 juillet 1949
sur les publications destinées à la jeunesse*